PAUL VALLES

Monsieur Dutrognon

VAUDEVILLE EN UN ACTE

4 H. 1 F.

PARIS

C. JOUBERT, Éditeur, 25, rue d'Hauteville

Répertoire de la Société Lyrique

Tous droits d'audition, de représentation et de traduction réservés

Anciennes Maisons BRANDUS & JOUBERT réunies

C. JOUBERT, Successeur

ÉDITEUR DE MUSIQUE

PARIS. — 25, Rue d'Hauteville, 25. — PARIS

RÉPERTOIRE

DES OUVRAGES DE CONCERT EN UN ACTE

ABRÉVIATIONS : **D.** Veut dire du répertoire de la Société Dramatique, 8, rue Hippolyte Lebas. — Le surplus appartient au répertoire de la Société Lyrique, 10, rue Chaptal.

LOC. Veut dire : La musique n'est qu'en location et ne se vend pas.

Opérettes et Vaudevilles de Concert

AUTEURS	TITRES DES ŒUVRES	Hommes	Femm.	Prix nets	AUTEURS	TITRES DES ŒUVRES	Hommes	Femm.	Prix net
Saint-Maurice	Abricot (L') d	troupe	»	loc.	Lebreton	Caïn	3	2	loc.
D. Campisiano	Absalon	2	1	6 »	Javelot	Calino amoureux	2	1	3 »
Guillemaud	Adrien n'aime pas le Piano	3	1	loc.	Lebreton et Soudant	Camelots (Les)	6	5	loc.
Vallès-Garnier	Affaire Cœurdeveau (L')	5	1	loc.	Chevalet-Audray	Canne d'un grand homme (La) d	2	2	loc.
St-Paul-G. Rose fils	Agence est au-dessus (L')	3	8	loc.	Lebreton-Moreau	Ça porte bonheur	5	3	loc.
F. Bernicat	Agence Rabourdin (L')	1	1	5 »	V. Herpin	Capricorne (Le)	troupe	»	loc.
Moreau	Ah! c'te Veine d	7	7	loc.	F. Barbier	Carmagnole (La)	3	3	5
Japy	A huitaine	troupe	»	5 »	Lebreton-Moreau	Carnaval conjugal (Le) d	9	9	loc.
C. Roland	Aiguilleur (L') d	1	1	loc.	A. Berthon	Carnaval des 4 z'arts	6	2	loc.
Bessière	A la Caserne	6	2	loc.	Levavasseur	Carte de visite (La)	3	3	loc.
Lebreton-Bouvet	A la légion étrangère d	troupe	»	loc.	Autigeon-Desplan	Cascadin et Cie	6	5	loc.
L. Bouvet	Ami Chambardel (L')	3	1	loc.	Chabaud, Colonge Tranchant	Ce pauvre Bobinet	2	1	loc.
Bessière-Ruffier	Ami Vandière (L') d	7	6	loc.	De Marsan	Ce Sacré Narcisse	4	1	loc.
Lebreton	Amour à coups de poings (L')	2	2	loc.	E. Soudant	Ces canailles de couturières! d	6	6	loc.
Lebreton-St-Paul	Amour en dentelles (L')	2	2	loc.	Chelu	Chambre à louer	1	1	2 »
G. Street	Amour en livrée (L')	3	1	5 »	L. Cuvillier	Chambre à part d	4	2	loc.
Desormes	Amour et l'appétit (L')	1	1	4 »	Henry Moreau	Chambre de bonne d	3	3	loc.
Vallès-Garnier	Amour et sauvetage	3	2	loc.	L. Bouvet	Chanson de Florentin	3	2	loc.
A. Petit	Amoureux d'Yvonne (Les) d	5	3	5 »	V. Roger	Chanson des Ecus (La)	3	1	4 »
V. Roger	Amour Quinze-Vingt (L')	3	4	4 »	P. Henrion	Chanteuse par amour (La) d	»	1	4 »
Bottin, Boulay-Layrice	Amours d'un piston (Les)	3	2	loc.	E. André	Chaos (Le)	1	1	4 »
M. Gribinski	Annoncé (L')	3	3	loc.	Moreau-Boucheral	Chasse royale d	troupe	»	loc.
Desormes	Antoine et Cléopâtre d	2	1	4 »	Lebreton-Moreau	Chasseurs Alpins (Les) d	6	6	loc.
Bessier-Moreau	Aphrodites (Les) d	4	8	loc.	Cieutat	Chaste Suzanne (La) d	troupe	»	4 »
Dorfeuil-Moreau	Après la vie de Bohème d	troupe	»	loc.	H. Gilbert	Chaste Suzanne			
L. Bouvet	A propos de bottes	2	»	loc.	Yvel	Chéri des Dames	4	2	loc.
J. Emmecé	A qui le gosse?	troupe	»	loc.	Dourel, Roydel, E. René	Chevalier Tric-Trac (Le)	2	2	loc.
Monnery-Marien	Argot tel qu'on le parle (L)	5	3	loc.	Dourel-Roydel	Chez la Costumière d	troupe	»	loc.
M. Chautagne	Arracheuse de dents (L')	2	4	»	Meynard	Chez le dentiste	3	1	3 »
Dourel, Roydel, Benjardin	Artistes pour rire d	6	4	loc.	Lhuillier	Chez les Corniquet	1	1	4 »
Géraldy	Ascension du Mont-Blanc (L')	1	4	»	C. Rosenquest	Chicard et Bébé	1	1	5 »
L. Martin-Duhem	Auberge du Tambour-battant (L')	2	2	loc.	Bomier	Chien et Chat d	4	1	5 »
Oudot-de-Gorsse	Au Chat qui pelote d	troupe	»	loc.	Boulay-Layrice	Choc en retour d	2	6	loc.
Banès	Au Coq huppé	3	2	5	Moreau-Gramet	Cinq contre un	3	»	loc.
Uzès	Au soleil d'or d	3	2	6 »	E. Brasseur-L.T.	Circulaire du Préfet (La)	3	6	loc.
Lebreton-Moreau	Au temps des cerises d	5	3	loc.	Villebichot	Cirque Ponger's (Le)	troupe	»	6 »
Guérineau	Auteur par amour	1	2	5 »	L. Bouvet	Clémence d'Auguste (La)	2	2	loc.
Lebreton-Moreau	Autour d'une guérite d	3	2	loc.	Bessière	Clou (Le)	2	1	loc.
Henry Moreau	Avant le bal	1	1	3 »	L. Collin	Coco Bel-Œil	3	1	6 »
Colange, Garofale, Cambret	Baba Bouzouck d	5	6	loc.	A. Petit	Cocotte et chiffonnier	3	1	5
Daransart	Baigneur et nageuse	1	1	3 »	L. Bouvet	Codicille (Le)	4	1	loc.
Autigeon, Dourel-Roydel	Baigneuses de Cocotteville (Les)	5	9	loc.	Villemer Delormel Périrand	Colosse de Rhodes (Le)	2	2	loc.
Moreau	Balayeur de chez Maxim's (Le) d	7	8	loc.	A. Petit	Confections pour dames	2	1	loc.
Rose fils et Ryvez	Banquier malgré lui	3	3	loc.	L. Bouvet-Schmoll	Congrès des Cocottes (Le)	5	7	loc.
Lesserre	Barbe-Bleue	1	»	2 »	Lebreton-Moreau	Conscrits bretons (Les) d	7	1	loc.
Ratée-Tranchant	Bataillon Desroches (Le) d	10	10	loc.	L. Collin	Conscrit tyrolien (Le)	1	1	loc.
Autigeon-Desplau	Battage (Le) d	2	1	loc.	E. Brasseur	Constat d'adultère d	6	2	loc.
A. Moyne	Béguin d	2	1	loc.	Habrekorn et P. Marc	Contes de Piron (Les)	2	10	loc.
Mestre-Aubry	Belle Dinde (La) d	9	11	loc.	Lebreton-Moreau	Contrôleur des Wagons-Bars (Le)	5	1	loc.
De Marsan	Belle-mère apprivoisée (La)	4	3	loc.	Ryvez	Cordon s'il vous plaît	3	3	loc.
Lebreton-St-Paul	Belle-mère est sans pitié (La)	2	2	loc.	Lebreton-Moreau	Cote et Cocottes	4	1	loc.
Moreau-Touzé	Belle-mère, nouveau jeu	1	3	loc.	C. Roland	Courroie (La)	3	»	loc.
Wachs	Bibi ou l'Enfant de l'Amour	1	1	4 »	J. Dafc et G. Habrekorn	Course aux pantalons (La) d	6	4	loc.
Cellier-Joullot	Boudoir discret	2	1	loc.	Habrekorn	Couturière est au-dessus (La)	2	5	loc.
Moreau-Gramet	Bougnol et Bougnol	4	2	loc.	G. Cellier et E. Joullot	Couverture (La)	4	3	loc.
Villebichot	Boum! Servez chaud	3	2	loc.	Mize et Saintis	Crocodile a des scrupules (Le)	3	3	loc.
Hubans	Brelan de bègues	2	1	5 »	Guillemand de Marsan	Culotte à l'envers (La) d	15	10	loc.
F. Bernicat	Cadets de Gascogne	troupe	»	7 »	De Bozé et d'Arsay	Culotte du marié (scène) (La)	1	»	1 »
Banès	Cadignette (La)	1	1	loc.	Saint-Paul	Dame aux bluets (La)	»	2	loc.
Saint-Paul	Cage de l'Oncle Tom (La)	2	2	loc.	Lebreton-Moreau	Dans cent ans d	troupe	»	loc.

PAUL VALLÈS

Monsieur Dutrognon

VAUDEVILLE EN UN ACTE

4 H. 1 F.

PARIS

C. JOUBERT, Éditeur, 25, rue d'Hauteville.

Répertoire de la Société Lyrique.

DU MÊME AUTEUR

	hommes	femmes		
Amour et sauvetage	3 hommes,	2 femmes	*en collaboration*, avec E. GARNIER.
Exploits de Malichard	5 —	3 —	—	—
Monsieur ma belle-mère	2 —	3 —	—	—
L'Erreur de Bridouille	3 —	2 —	—	—
L'Affaire Cœur de Veau	5 —	1 —	—	—
Une Corbeille de noce	5 —	3 —	—	—
Les 28 jours de Gorenflot	4 —	3 —	—	TALBER.
Vive les bleus	7 —	4 —	—	NORMAN.
Stérile	4 —	3 —	—	A. COUTURET
Les Deux Femmes de M. Grochose	2 —	2 —	—	E. GARNIER.

MONSIEUR DUTROGNON

VAUDEVILLE EN UN ACTE

De M. Paul VALLÈS

PERSONNAGES

DUTROGNON, rentier, 50 ans . . . .
MARCEL, peintre, 25 ans. . . . .
LUCULLUS, son ami, 28 ans . . . .

ZIZI, domestique bègue, 20 ans . . . .
CLARA, demi-mondaine . . . .

Une mansarde. Porte au fond donnant au dehors. A droite porte, conduisant à la chambre à coucher de Marcel. A gauche, fenêtre. Au milieu de la scène, une table chargée de bouteilles vides et renversées, plus deux verres, chaises, buffet, une malle au fond. A gauche, premier plan, une toile ébauchée sur un chevalet. Quelques tableaux et palettes au mur. Au lever du rideau, Lucullus ronfle à la table. Marcel est endormi sur la malle au fond.

SCÈNE PREMIÈRE

Marcel, Lucullus.

MARCEL, *rêvant.*

Lucie ! chère Lucie !

LUCULLUS, *de même.*

Quinte et quatorze, et le point... J'ai gagné, je te dis que... (*Il roule à terre et se réveille brusquement*) Hein ! quoi ?...(*Se frottant les yeux*) Sapristi ! je dormais... (*Se relevant*) Ah çà ! mais quelle heure est-il donc? onze heures, déjà... et dire que c'est aujourd'hui à midi que mon ami Marcel se lance dans les délices du mariage. Eh bien ! je crois qu'il est temps de se préparer... A propos, où est-il passé, ce cher Marcel ?... (*L'apercevant*) Tiens ! sur sa malle !... Il est bien en place ! (*Le secouant*) Hé l'ami !... allons ! voyons réveille-toi donc, animal.

MARCEL, *rêvant.*

Lucie ! chère...

LUCULLUS, *le secouant.*

Eh ! là, pas de folies, hein ? debout l'ami et dépêchons.

MARCEL, *s'éveillant.*

Hein ! où suis-je ?

LUCULLUS, *criant à son oreille.*

Chez toi ; il est onze heures cinq et tu épouses à midi.

MARCEL *se levant brusquement.*

C'est vrai, nom d'un chien !... ah ! c'est toi, Lucullus... Eh bien, mon ami, nous n'allons pas trop mal tous les deux. Je me marie à midi et je dors encore à onze heures. Que vont penser nos invités? Vite, vite, dépêchons-nous ?... mes frusques? où sont mes frusques ?... ah ! les voici.

LUCULLUS

Et voilà les miennes. (*Ils s'habillent à la hâte tout en causant.*)

MARCEL

Bizarre, tout de même, la vie !

LUCULLUS

A qui le dis-tu ?

MARCEL

J'avais pourtant juré de rester garçon.

LUCULLUS

C'est vrai !

MARCEL

Et je me marie.

LUCULLUS

Parjure !

MARCEL

Que veux-tu, mon ami, c'était écrit.

LUCULLUS

Ça te sera bien mieux tout à l'heure, sur les registres de la mairie... Ah ! à propos, que va penser ta chère Clara ?

MARCEL

Elle pensera bien ce qu'elle voudra.

LUCULLUS

Tu crois ça, toi ? On voit bien que tu ne connais pas les femmes.

MARCEL

Que veux-tu dire ?

LÉCULLUS

Crois-tu que cela va se passer tout doucement, sans scandale, sans crise de nerfs ? Crois-tu qu'il est si facile de rompre avec une maîtresse de la Haute-Noce, surtout lorsque cette maîtresse s'est éprise pour tout de bon pour vous ?

MARCEL

Bah ! pourquoi pas ?.. Après tout, ne suis-je pas libre de mes volontés, libre de mes actions ?

LUCULLUS

L'as-tu prévenue de ton mariage ? l'as-tu préparée au moins ?

MARCEL

Tu sais bien que non.

LUCULLUS

Alors, gare la bombe !

MARCEL

Je m'en fiche !

LUCULLUS

Tu crois ça, toi, eh bien ! tu verras.

MARCEL

Ah ! tu me rases avec tes discours... Mes gants ? où sont mes gants ?.. ah ! les voici... Es-tu prêt ? Oui... alors en route (*Il prend son chapeau.*)

LUCULLUS

Un mot encore ! prête-moi un louis ?

MARCEL, *sursautant.*

Un louis ? Mazette ! comme tu y vas, mais si j'avais un louis, je regarderais peut-être à deux fois avant de me marier (*Se fouillant*) Tiens, voilà mon bilan... Treize francs, treize sous.

LUCULLUS

Mauvais compte pour un jour de mariage.

MARCEL

Que veux-tu, cher ami, je ne suis pas de ceux qui cultivent le bas de laine ; j'ai toujours pris pour principe de ne jamais conserver mon argent, de peur des voleurs. Tiens, prends les treize sous, je garde le reste.

LUCULLUS, *piteux.*

Merci, mon vieux. Tu pourras être fier de ton garçon d'honneur. Bigre ! avec treize sous, il n'y a pas de quoi aller bien loin.

MARCEL

Tu iras doucement, voilà tout. Et puis tu feras voir que tu es un garçon rangé, économe ; ça me posera aux yeux de la société.

LUCULLUS

Allons ! je pourrai payer les cure-dents. Tiens, tu fais bien de te marier.

MARCEL

Je te crois, j'épouse une jolie fille avec trente mille francs de dot et une maison toute meublée, pour abriter nos amours.

LUCULLUS

C'est joli, et ben moi, qu'est-ce que j'ai dans tout ça.

MARCEL

Toi, tu resteras ici, je te fais cadeau des meubles, tu travailleras, mon ami. Le travail est la gloire des nations, a dit un savant.

LUCULLUS

Quel savant ?

MARCEL, *riant.*

C'est moi. *(Riant)* Ah ! ah ! ah ! vas-tu être heureux tout seul ici... Vas-tu faire de la belle peinture... Tiens, à propos de peinture, il y a le portrait de Clara là, au chevalet, tu l'achèveras.

LUCULLUS

C'est ça, tu commences tes maîtresses et moi je les finis ; tu as pris le beurre, tu me laisses le pain. Mais pourquoi n'as-tu pas fini ce portrait ?

MARCEL

Pas eu le temps.

LUCULLUS

Et... après la noce ?

MARCEL

Après la noce, mais tu sais bien qu'il me faudra travailler pour le salon, monsieur Dutrognon, mon futur beau-père, m'a promis 10.000 francs si je lui décroche la médaille.

LUCULLUS

Alors les dix mille francs ne sont pas prêts de sortir de sa caisse.

MARCEL, *jetant sa cigarette.*

Peut-être, mais assez causé... filons.

LUCULLUS, *prenant son chapeau.*

Filons. *(Ils vont pour sortir ; à ce moment on entend chanter Clara dans l'escalier.)*

MARCEL, *écoutant.*

Sapristi ! mais je ne me trompe pas ; c'est la voix de Clara.

LUCULLUS, *à la porte.*

Elle monte l'escalier.

MARCEL

Que faire ? Comment l'éviter ?

LUCULLUS

L'éviter, pas moyen. Il faut attendre la belle, détourner ses soupçons, la convaincre de ton amour, inventer un prétexte pour sortir et filer ensuite.

MARCEL

Tu as raison, tais-toi, la voici. *(Clara paraît au fond, en toilette tapageuse.)*

SCÈNE II

LES MÊMES, Clara.

CLARA, *entrant*

Bonjour les enfants !

LUCULLUS *et* MARCEL

Tiens ! Clara !

CLARA

Eh, oui Clara, ça vous épate hein ? *(Serrant la main de Lucullus)* Bonjour, Lucullus. *(Tendant sa joue à Marcel.)* Bonjour, mon petit chéri... Eh bien, vous alliez sortir, je crois ?..

MARCEL, *embarrassé.*

Oui, en effet, nous...

CLARA, *avec malice.*

Et... où alliez-vous ?

MARCEL

Ah ! où nous allions ?.. Voilà, je vais t'expliquer... Oh ! c'est simple comme bonjour. Nous allions à une réunion très urgente.

CLARA, *soupçonneuse.*

Ah ! Et... où ça, cette réunion ?

MARCEL

Mais...

LUCULLUS, *vivement.*

A un enterrement.

CLARA

Un enterrement ! en gants blancs ?

LUCULLUS

C'est meilleur genre. Aujourd'hui presque tous les enterrements se font ainsi.

MARCEL

Lucullus a raison. Allons, au revoir, ma petite Clara.

CLARA, *vivement.*

Eh ! là ! un moment, s'il vous plaît, nous avons à causer. *(Elle repousse les deux jeunes gens qui allaient sortir et ferme la porte. Pendant que Clara pose son manteau et son chapeau sur un siège au dernier plan de gauche, Marcel les pose au premier plan de droite près de Lucullus.)*

MARCEL, *bas à Lucullus*.

Que faire ? grands dieux ! que faire ?

LUCULLUS, *bas*.

A la grâce de Dieu !

MARCEL

Il est onze heures et demie.

LUCULLUS

Chut ! attention. (*Haut, toussant*) Hum ! hum !

CLARA, *se campe devant les deux jeunes gens*.

Et maintenant, causons.

MARCEL, *avec une grimace*.

C'est ça, causons, ma chérie, causons. (*A part*) En voilà une tuile !

CLARA

Et d'abord asseyons-nous. (*Elle s'assied et croise ses jambes l'une sur l'autre*).

MARCEL, *timide, tirant sa montre*.

Mais c'est que...

CLARA, *d'une voix forte*.

Asseyez-vous, messieurs.

MARCEL, *à part, s'asseyant*.

Allons, il le faut !

LUCULLUS, *de même*.

Ce n'est plus une femme, ça, c'est un mousquetaire. (*Ils se sont serrés l'un contre l'autre. Ils cherchent à lever les yeux sur Clara mais ils les baissent aussitôt. Un temps de silence. Jeu mimé*).

MARCEL, *à part*.

Sapristi que je suis donc mal à mon aise !

LUCULLUS, *de même*.

Non, mais... est-ce qu'elle va nous tenir longtemps comme ça ? (*Se levant timidement la montre à la main*) Pardon, belle dame !

CLARA, *terrible*.

Asseyez-vous !

LUCULLUS, *effrayé*.

Sapristi. (*Il tombe sur sa chaise*).

CLARA

Attention, je vais parler. Comment se fait-il, messieurs, que depuis quinze jours bientôt on ne vous trouve plus chez vous ? Pourquoi ce cache-cache ? Où passez-vous votre temps ? Que faites-vous ? Que devenez-vous ? Répondez ? (*Un silence, tonnante*) Ré-pon-dez ?

MARCEL

Eh bien voilà, chère amie, nous passons nos matinées chez un maître célèbre qui nous donne des leçons.

LUCULLUS

C'est ça, c'est parfaitement ça.

CLARA

Et vos après-midi ?

LUCULLUS

Ah ! nos après-midi ?

MARCEL, *vivement*.

Nous nous promenons.

CLARA

Seuls ?

MARCEL.

Seuls !

CLARA

Est-ce bien vrai ?

MARCEL, *se levant*

Clara, je te le jure sur...

CLARA, *vivement*.

Oh ! ne jurez pas, c'est inutile.

LUCULLUS

Pourquoi ?

CLARA

Parce que je ne vous crois pas.

MARCEL, *se rasseyant*.

Ah ! et pourquoi ne pas nous croire ?

CLARA

Parce que vous mentez tous les deux.

MARCEL *et* LUCULLUS, *protestant*.

Oh !

CLARA

Silence ! vous êtes deux mauvais sujets, deux coureurs.

MARCEL, *se levant à demi*.

Clara !

LUCULLUS, *de même*.

Eh ! dites donc ?

CLARA

Ne répliquez pas. (*Ils se rassoient.*) Quant à vos promenades, vos fameuses promenades, j'en connais le but. Monsieur Marcel ici présent fait sa cour à une demoiselle Lucie Dutrognon que je ne connais pas.

MARCEL, *stupéfait*.

Hein ?

CLARA, *poursuivant*.

Et monsieur Lucullus suit docilement, fidèlement son ami Marcel.

LUCULLUS

Comment ! vous supposez ?..

CLARA

Je ne suppose rien ; je suis sûr de ce que j'avance.

MARCEL

Clara, je te jure que tu es abusée, tu te trompes.

CLARA, *se levant*.

Vraiment ?.. Eh bien, c'est ce que nous verrons. En attendant, je reste ici et n'en veux plus sortir.

MARCEL, *à part, se levant*.

Sapristi !

LUCULLUS, *de même*.

La voilà, la bombe, la voilà bien !...

CLARA, *les bras croisés*.

Eh bien les enfants, on ne rit donc plus maintenant ? Voyons qu'allons-nous bien faire ?

MARCEL, *piteux*.

Mais... rien...

CLARA

Comment rien ?

LUCULLUS, *se risquant*.

Mais... notre enterrement ?

CLARA

Je m'en fiche de votre enterrement. Votre machabé s'en ira bien sans vous, allez !

MARCEL

Et le devoir, Clara, le devoir ! !

CLARA

Flûte ! (*Faisant un pas sur les jeunes gens qui reculent*) Dis donc, Marcel, est-ce que tu crois que je viens ici pour des dattes ?... N'ai-je pas toujours eu un béguin pour toi ? Ne t'ai-je pas comblé de tendres caresses ? N'es-tu pas l'élu de mon cœur, hein ?

MARCEL

Mais oui, mais oui.

CLARA, *poursuivant*.

Et puis n'ai-je pas sacrifié bien des partis avantageux pour toi ?.. Encore en ce moment, tiens, un vieux que je ne connais pas plus que le shah de Perse me poursuit depuis huit jours.

MARCEL.

Un vieux ?

CLARA

Oui un vieux, vilain, mais bien propre, bien sérieux et bien riche qui m'accable de fleurs et de billets doux.

MARCEL

Et lui, te connaît-il ?

CLARA

Pas du tout.

LUCULLUS

Heureux vieillard !

CLARA

Malhonnête !

LUCULLUS, *vivement*.

Oh ! pardon.

MARCEL, *à part*.

Non mais... est-ce qu'elle va se coller chez moi ?

CLARA, *à part*.

S'il savait que j'ai encouragé ce vieux ! s'il savait que je me suis permise de lui écrire ! Mais bah ! l'un ne m'empêchera pas d'aimer l'autre.

LUCULLUS, *bas à Marcel*.

Dis donc, il est près de midi...

MARCEL, *de même*.

Déjà !

LUCULLUS

Ton maire va t'attendre.

MARCEL

Que faire, mon Dieu, que faire ?

CLARA, *à part.*

Ce vieux-là doit être un Ministre.

LUCULLUS, *bas à Marcel.*

Il n'y a qu'un moyen, l'envoyer à la campagne.

MARCEL

Tu crois ça, toi ?.. Elle ne s'en ira pas, elle a des soupçons.

LUCULLUS, *avec mystère.*

Alors (*Geste de lui tordre le cou.*) Couic !

MARCEL, *étonné.*

Hein ?

LUCULLUS

Et puis après (*Geste de la couper en morceaux.*) En petits morceaux, as-tu saisi ?

MARCEL

Imbécile !

LUCULLUS, *découragé.*

Eh bien, cherche autre chose (*Ils causent bas*)

CLARA

Eh bien que complotez-vous encore ? Oh ! ne faites donc pas vos petites bouches en cœur, ça ne prend pas avec moi. Vous grillez d'envie de sortir hein ! Eh bien, vous ne sor-ti-rez pas... là. (*S'avançant*) Et d'abord enlevez-moi ces tubes, ça ne vous va pas du tout. (*Elle leur enlève leur chapeau et les porte au fond.*)

MARCEL, *à part.*

Ah une idée ! je vais la griser ! je l'enfermerai dans ma chambre, comme ça, j'aurai le champ libre. (*Haut s'approchant, riant.*) Ah ! ah ! cette pauvre petite chatte qui croyait (*Riant.*) Ah ! ah !

LUCULLUS, *à part.*

Qu'est-ce qu'il a ? Il est fou.

MARCEL, *s'asseyant et faisant signe à Clara de venir s'asseoir sur ses genoux.*

Allons... ici, tout de suite ? (*Elle se laisse tomber sur les genoux de Marcel.*) Méchante va !.. Alors tu croyais... tu pensais que... j'allais quitter une gentille petite cocotte mme toi, pour me marier ?

LUCULLUS, *à part bourrant sa pipe.*

Que dit-il ? Mais que dit-il ?

MARCEL

Lucullus ?

LUCULLUS, *sans broncher.*

Hein ?

MARCEL

Vite une bouteille de vin cacheté, là, dans ma chambre ?

LUCULLUS, *vivement.*

Voilà, voilà. (*Il sort à droite.*)

MARCEL

Et un verre pour Clara.

LUCULLUS, *revenant.*

Voilà, voilà. (*Il pose une bouteille et un verre sur la table.*)

MARCEL

Et maintenant, à table !

LUCULLUS

Oui, oui à table et buvons.

MARCEL

Allons à la santé de Clara (*Ils boivent.*)

CLARA

Merci ! mon petit rat !... Alors c'est bien vrai, tu ne te maries pas ?

MARCEL, *versant à boire.*

Mais non.

LUCULLUS, *tendant son verre.*

Lui ! se marier ! Pas de danger ! il est trop intelligent pour ça.

MARCEL

Et pourquoi me marier ? Voyons, pourquoi ? Ne suis-je pas bien comme je suis ? Liberté ! libertas ! voilà ma devise.

LUCULLUS, *à part.*

Blagueur va !...

MARCEL

Et puis, ai-je besoin d'une autre femme, n'ai-je pas là ma petite cocotte ? ma jolie Clara. Me marier, ah ben oui, ce serait la plus grande bêtise que je puisse faire.

LUCULLUS, *tendant son verre.*

Il a raison, vivent les vieux garçons ! A boire, Marcel !

CLARA, *reposant son verre vide.*

Bravo !

MARCEL, *vivement.*

Lucullus ! une seconde fiole ! Et du même tonneau.

LUCULLUS

Voilà, voilà *(Il sort en trébuchant.)*

MARCEL, *à part.*

Allons, cela ne va trop mal. *(Lucullus revient et pose une bouteille sur la table. Marcel verse à boire.)*

CLARA, *après avoir bu, un peu grise.*

Vois-tu, mon petit loulou, je te gobe.

MARCEL

Et moi donc !

CLARA

J'avais cru que tu devais te marier ; on m'avait dit que tu épousais la fille d'un vieux Trognon. Alors, tu comprends, j'étais furieuse. Si jamais tu me plaquais... je te tue... Je ne veux pas que tu soyes à une autre, tu entends !.. Voyons, est-ce que je ne vaux pas tous les Trognons du monde, hein ! *(Elle l'embrasse à plusieurs reprises.)*

LUCULLUS, *à part.*

Elle a sa petite pointe.

MARCEL

(A part) L'instant est propice. *(Haut)* Ma chérie j'ai une surprise à te faire... un cadeau...

CLARA, *sur les genoux de Marcel.*

Un cadeau ! Tu vas me faire un cadeau, que t'es donc gentil !.. Et lequel ?

MARCEL, *se levant.*

Tu jugeras par toi-même. Viens.

CLARA, *câline.*

Polisson, va... Allons ! *(Ils se dirigent vers la porte de droite. A ce moment on entend la voix de Dutrognon dans la coulisse.)*

DUTROGNON

Mais, sac à papier, il fait noir comme dans un four, ici !

LUCULLUS, *à part.*

Hein ! cette voix ?

MARCEL, *de même.*

C'est lui, mon futur beau-père !

CLARA, *qui n'a rien entendu.*

Dis, chéri, tu m'aimes, hein ?..

MARCEL, *l'entraînant.*

Oui, oui, je t'aime, c'est entendu, mais, viens, viens. *(Bas à Lucullus)* Retiens le vieux. *(Ils sortent à droite.)*

SCÈNE III

Lucullus, Dutrognon, *puis* Marcel.

LUCULLUS, *seul.*

Retiens le vieux ! retiens le vieux !.! Il est charmant, qu'est-ce qu'il veut que je lui dise au vieux ? C'est égal, voilà un drôle de mariage, tout de même ! et ce n'est pas fini. La cérémonie est fixée pour midi et il est midi douze... et tout ça pour une cocotte, voilà ce que c'est que de se lancer dans les cocottes ! Oh ! la glu ! la glu !

DUTROGNON, *entrant.*

Mais, sac à papier !

LUCULLUS, *à part.*

Attention, voilà le vieux aux écus ! Allons à la grâce de Dieu !... *(Il va au devant de Dutrognon et le salue.)*

DUTROGNON

Ah ! vous voilà, vous, mauvais sujet ! Eh bien ! vous nous la fichez belle celle-là... Et Marcel ? où est Marcel ?... que fait Marcel ?... que pense Marcel ?... que...

LUCULLUS, *l'arrêtant.*

De grâce, calmez-vous, mon cher monsieur Trognon !!!

DUTROGNON

Pardon, pardon, Dutrognon, s'il vous plaît.

LUCULLUS

C'est juste ! Tranquillisez-vous, monsieur Dutrognon, Marcel est en train de s'habiller... tenez, le voici...

MARCEL, *revenant très dégagé.*

Ah ! bonjour, cher beau-père ! (*Il tend la main à Dutrognon qui la refuse.*)

DUTROGNON, *avec hauteur.*

Pas encore môssiéu ! tenez vos distances.

LUCULLUS *à part.*

Oh ! oh ! mais c'est Napoléon ce vieux-là !

DUTROGNON

Et d'abord, pourriez-vous m'expliquer la raison de ce retard ?

MARCEL, *embarrassé, prenant la pose de Napoléon.*

La raison !... ah ! la raison... Je vais vous la dire... c'est simple comme tout... Figurez-vous que mon cordonnier ne m'avait pas terminé mes bottes... alors vous comprenez je... ne pouvais pas aller à la mairie en chaussettes de coton, c'eût été trop drôle !...

DUTROGNON, *se déridant tout à coup.*

Ah ! ah ! ah ! en effet c'eût été fort drôle, en chaussettes !... ah ! ah ! ah !... farceur, va !

MARCEL, *à part.*

Allons ! la glace est rompue !

LUCULLUS, *de même.*

A la bonne heure, je l'aime bien mieux comme ça !

MARCEL

Mais je suis prêt, Lucullus aussi, et nous pouvons partir.

LUCULLUS

C'est ça, partons vite.

DUTROGNON, *les retenant.*

Un moment, un moment, nous avons le temps.

MARCEL *et* LUCULLUS, *étonnés.*

Comment ?...

DUTROGNON

Ah ! ça vous étonne, hein ?... Eh bien voilà l'adjoint, un de mes amis, m'a fait dire que la cérémonie n'aurait lieu qu'à deux heures. Vous avez donc cent bonnes minutes devant vous. Vous serez donc garçon deux heures de plus, après, ma foi, tant pis pour vous.

MARCEL

Comment ! tant pis ?

DUTROGNON

Eh oui, tant pis !... C'est si beau la vie de garçon ! Ah, mes amis, si vous saviez comme je suis heureux depuis mon veuvage ! Je vais, je viens, je fume et mange à ma guise, et je fais encore mes petites fredaines... oui je fais encore succès auprès des petites femmes hé ! hé ! hé. (*Il leur tape sur le ventre*).

LUCULLUS

Vous êtes un vieux passionné.

DUTROGNON, *riant.*

Mais oui ! mais oui ! hé, hé, hé ! Tenez, je puis bien vous dire ça entre nous, eh bien, en ce moment-ci, j'aime.

LUCULLUS *et* MARCEL

Hein ?

DUTROGNON, *poétique.*

Oui, j'aime !... j'aime à la folie, à l'adoration.

MARCEL

Qui donc ?

DUTROGNON

Je n'en sais rien.

LUCULLUS, *riant.*

Ah ! ah ! ah ! sacré farceur, va !

MARCEL

Comment, vous ne savez pas qui...

DUTROGNON

C'est à dire, mon cher, que je la connais sans la connaître, comprenez-vous ?

MARCEL

Ma foi, non.

DUTROGNON

Que vous êtes donc bête !

MARCEL

Merci.

DUTROGNON

Pardon, je voulais dire que vous êtes donc peu intelligent.

LUCULLUS

C'est la même chose.

DUTROGNON

Figurez-vous, mes amis, que je suis amoureux d'une femme charmante. Que dis-je une femme, une beauté, une reine, une idole qui passe tous les jours à la même heure devant ma maison. Nos yeux se sont rencontrés, nos cœurs se sont compris et nous avons rougis de plaisir. Jusqu'à présent je ne suis pas très avancé, j'en suis aux fleurs, car, voyez-vous, les fleurs, il n'y a encore que ça comme avant-garde dans le bataillon des amours... Je lui ai bien fait passer quelques billets doux, mais je n'ai pas encore reçu de réponse ! Oh ! mais ça viendra, j'en suis sûr, car vous savez, moi je ne suis pas une poire, et si je sème, c'est pour récolter. J'ai semé, donc je dois récolter.

LUCULLUS

Et vous récolterez, j'en suis sûr.

DUTROGNON

J'y compte bien.

MARCEL, *riant.*

Ah ! ah ! vous êtes un vieux Richelieu, vous ?...

DUTROGNON, *piqué.*

Je ne sais pas si je suis un riche Dieu, mais ce que je sais bien, c'est que je l'aurai la mâtine, dût-elle me coûter la moitié de ma fortune.

MARCEL

Oh ! oh !

DUTROGNON

C'est comme ça, il n'y a pas de oh ! oh !... c'est que je ne suis pas une poire moi ; il me la faut, et du moment qu'il me la faut je l'aurai.

LUCULLUS

Et vous avez raison, monsieur Trognon.

DUTROGNON

Dutrognon, s'il vous plaît, (*Regardant la table.*) Mais qu'est-ce que c'est que toutes ces bouteilles vides.

LUCULLUS

C'est le nouveau ministère.

MARCEL, *intervenant, à part.*

Pourvu que Clara ne se reveille pas. (*Haut* Je vais vous dire, cher beau-père ; comme le jour de mon mariage coïncide avec l'avènement du nouveau Cabinet, alors, nous avons fêté ce double événement.

DUTROGNON

Ah ! très bien... Marcel vous ferez un mari modèle. Mais, j'y pense, à propos de modèle, et cette peinture, où en êtes-vous ? Travaillez-vous ferme au moins ?

LUCULLUS

S'il travaille ? mais c'est-à-dire qu'il en oublie l'heure de ses repas, il en sèche sur ses tibias.

DUTROGNON

Ah ! c'est bien, ça... continuez, jeune homme, continuez.

LUCULLUS

Tenez, en ce moment, il travaille au portrait d'une grande dame.

DUTROGNON

Ah !

LUCULLUS

Une dame de haute noblesse !

DUTROGNON

Pas possible !

LUCULLUS

Oui, oui, tenez, regardez plutôt là au chevalet ?

DUTROGNON, *allant au chevalet.*

Voyons ça !.. C'est que je m'y connais moi !. (*Se retournant vers Lucullus.*) Je ne suis pas une poire moi ! (*Regardant le portrait*) Voyons donc... Ah ! mon Dieu !

LUCULLUS, *s'élançant.*

Hein ! qu'avez-vous ?

MARCEL, *même jeu.*

Serait-ce une attaque ?

DUTROGNON

Non, non, c'est... c'est ce portrait qui m'a frappé.

LUCULLUS

Il vous a frappé où ça ?..

DUTROGNON

Au figuré... c'est à dire la ressemblance... connaissez-vous l'original de ce portrait ?

MARCEL

Il le faut bien.

DUTROGNON

Son nom ?.. dites-moi son nom ?

MARCEL, *à part.*

Aurait-il des soupçons ?

LUCULLUS, *vivement.*

C'est la duchesse de Potoskeuff, une Polonaise.

DUTROGNON, *ahuri.*

Une Polonaise ?.. de Pologne ?

LUCULLUS, *avec aplomb.*

Pur sang.

DUTROGNON, *défaillant.*

Ah ! mon Dieu ! je me sens mourir ! (*Il se laisse aller dans les bras des jeunes gens qui l'installent sur une chaise près du chevalet.*)

MARCEL

Allons ! bon, v'là qu'il se trouve mal, Lucullus, vite des sels, de l'éther ?

LUCULLUS, *courant par la chambre.*

Des sels, de l'éther ! Tu es drôle, toi, nous n'avons ici que de l'huile et du vinaigre.

MARCEL

Passe-moi le vinaigre, vite, vite.

LUCULLUS

Voilà ; voilà ! quelle situation, bon Dieu !.. (*Ils frictionnent les tempes de Dutrognon.*)

MARCEL

Mais c'est qu'il n'a pas l'air de vouloir revenir.

LUCULLUS

Eh bien ! mon ami, je me souviendrai de ton mariage !.. (*A ce moment Clara ouvre la porte de droite et paraît; elle est un peu décoiffée et s'évente avec son mouchoir.*)

SCÈNE IV

LES MÊMES, Clara.

CLARA, *entrant.*

Ouf ! on étouffe là-dedans.

LUCULLUS

Si le vieux se réveille, nous sommes jolis.

MARCEL

Ça, par exemple, c'est le bouquet.

CLARA, *s'approchant.*

Dites donc, vous ?

LUCULLUS

Chut !

CLARA, *étonnée.*

Hein ?

MARCEL

Chut !

CLARA

Chut ?... ah ! zut à la fin... Mais qu'est-ce que vous frictionnez donc là ? ça sent le vinaigre ; est-ce un homard ?

LUCULLUS, *bas.*

Silence ! c'est grave, c'est très grave... un homme va mourir.

CLARA

Ah ! bah !.. comment ça ?

LUCULLUS, *plus bas.*

En rendant l'âme.

CLARA

Que s'est il donc passé ? Quel est ce Monsieur ? d'où vient-il ? (*Elle cherche à dévisager Dutrognon, Lucullus l'empêche.*)

LUCULLUS, *avec mystère.*

C'est un conspirateur, un prince chinois déguisé.

CLARA

Ah ! pas possible.

MARCEL

Attention ! il reprend connaissance. Eloignez-vous, Clara, votre présence gênerait le prince. Rentrez vite.

CLARA, *protestant.*

Mais dites donc.

LUCULLUS

Pas d'explication ! Rentrez dans la chambre ? Il y va de notre vie à tous les trois.

CLARA

Oh ! alors !.. (*Elle sort vivement.*)

LUCULLUS, *la regardant sortir.*

Là, c'est pas plus malin que ça.

SCÈNE V

LES MÊMES, *puis Zizi.*

MARCEL.

Attention, ne perdons pas de temps. Dès qu'il sera sur pied, nous le prenons chacun par un bras et nous sortons tous les trois.

LUCULLUS

Compris. (*A ce moment, Zizi paraît au fond, une lettre à la main. Il est en gilet de domestique et tablier blanc.*)

ZIZI, *immobile au fond, bégayant.*

Mô... mô... mô...

LUCULLUS, *se retournant.*

Hein ! qu'est-ce que c'est que ça ?.. d'où sort-il celui-là ?

MARCEL

Que voulez-vous ?.. Que cherchez-vous ?

ZIZI

Mô... mô... mô...

LUCULLUS, *énervé.*

Expliquez-vous, sacreubleu !

ZIZI

Mô... mô... môssieu... Du... du... tro... tro...

LUCULLUS, *à Marcel.*

C'est un idiot.

ZIZI

Tro... tro... trognon.

MARCEL

C'est un bègue.

LUCULLUS

Ah ! je comprends ! C'est monsieur Dutrognon que vous cherchez, mon ami ; il est là, mon ami, il est là, un peu fatigué, c'est vrai, mais il est là tout de même. Vous êtes son domestique, sans doute ?... Vous pouvez vous en aller, nous vous suivons. (*Zizi ne bouche pas.*)

MARCEL

On vous dit de vous en aller, avez-vous compris ? (*Zizi ne bouge pas.*)

LUCULLUS

C'est un mannequin, laissons-le, occupons-nous du beau-père.

MARCEL

Attention, il revient à lui.

ZIZI, *au fond.*

Mô... mô... mô...

LUCULLUS, *furieux.*

Zut !... il nous rase avec son mômô...

DUTROGNON, *revenant à lui.*

Où suis-je ?... Qu'ai-je eu ?

MARCEL

Un étourdissement, ce n'est rien.

DUTROGNON, *se souvenant.*

Ah ! oui, le portrait... la duchesse de... comment l'appelez-vous ?

LUCULLUS

De Potoskeuff !...

DUTROGNON

Oui c'est ça, la duchesse de... Pot au feu... ah ! mes amis, si vous saviez !... mais je vous conterai ça plus tard, après la noce.

MARCEL

C'est entendu, après la noce ; mais dites-moi, cher beau-père, pouvez-vous marcher ?

DUTROGNON

Parbleu ! J'ai bien mes deux jambes. (*Il se soulève soutenu par Lucullus et Marcel. A ce moment la porte de droite s'ouvre et Clara paraît.*)

LUCULLUS

Alors, descendons.

SCÈNE VI

LES MÊMES, Clara.

CLARA, *aux jeunes gens.*

Dites donc, vous autres ! (*Apercevant Dutrognon*) Ah ! grands dieux !

DUTROGNON, *de même.*

Ciel !

LUCULLUS, *à part.*

Patatras !...

DUTROGNON

Elle !... c'est elle !...

CLARA

Lui ! le prince déguisé !.. Ah ! mon Dieu, je me sens mourir !... (*Elle chancelle. Marcel court à elle et l'installe sur une chaise à droite.*)

MARCEL

Allons bon, à l'autre à présent !

DUTROGNON, *chancelant.*

Elle se meurt ! Ah ! je sens que je m'en vais aussi, moi. (*Il se laisse aller dans les bras de Lucullus qui l'installe à gauche.*)

LUCULLUS

Encore, mais c'est un hôpital ici !..

ZIZI, *au fond.*

Mô... môssieur... du... du..,

LUCULLUS

Zut ! tu nous embêtes, toi !

ZIZI, *sans faire un mouvement.*

C'est... c'est... une... co.. co.. mimi... mimi.

MARCEL

Je m'en fiche. (*Montrant Clara*) Elle est évanouie.

LUCULLUS

Lui aussi !... eh bien, nous sommes jolis ! Quelle situation, bon Dieu ! Quelle situation ! (*Ils s'épongent le front et passent ensuite leur mouchoir sur le visage de leur malade.*)

MARCEL

En voilà un jour de noce !.. est-ce que nous allons rester longtemps comme ça ?

LUCULLUS

Ça ne serait pas drôle du tout... Ah ! le vieux commence à revenir.

MARCEL

Ça n'est pas malheureux !..

LUCULLUS

Attention ! il ouvre un œil... emporte vite Clara dans ta chambre, moi je vais descendre le Trognon, tu nous rejoindras.

MARCEL

Mais si Clara a besoin de secours

LUCULLUS

Ah ! ma foi tant pis, elle attendra.

MARCEL

Allons ! (*Il enlève Clara et la porte dans la chambre de droite.*)

ZIZI, *lui tendant sa lettre sans bouger de place.*

Mô... mô... mô... mossieur... c'est... c'est...

MARCEL

Zut ! (*Il sort.*)

SCENE VII

LES MÊMES, *puis* Marcel.

LUCULLUS

Enfin le revoilà.

DUTROGNON, *égaré.*

Où suis-je ? qu'ai-je eu ?

LUCULLUS

Rien, un simple étourdissement, un tout petit étourdissement.

DUTROGNON

Ah ! oui j'y suis,.. Le pot-au-feu.

LUCULLUS

Oui, oui, venez !

DUTROGNON, *se levant.*

Où ça ?

LUCULLUS

A la mairie, parbleu, l'heure approche.

DUTROGNON

Ah ! c'est vrai, je n'y pensais plus. Et Marcel où est-il ?

LUCULLUS

Il est là dans sa chambre, donnant ses soins à sa... à la duchesse.

DUTROGNON

Peut-on la voir encore ?

LUCULLUS, *vivement.*

Non, non, c'est défendu. Merci, pour que vous tourniez l'œil. Du reste, Madame la duchesse ne veut voir personne.

DUTROGNON

Ah bah !... cependant.

LUCULLUS

Plus tard . cher Monsieur... partons vite.
Marcel nous rejoindra. Tenez, justement le
voici.

MARCEL, *entrant, à part.*

Elle repose, je puis filer.

DUTROGNON

Eh bien, mon ami, vous avez bien du tour-
ment, n'est-ce pas ?...

MARCEL, *à part.*

J' te crois. *(A Dutrognon)* Oh ! vous savez:
moi, je suis un jeune homme qui aime à
rendre service.

LUCULLUS

Allons, allons ne nous attardons plus...
c'est assez comme ça; l'heure est proche,
partons vite.

DUTROGNON

Partons. *(Ils se dirigent au fond.)*

ZIZI, *tendant sa lettre.*

Mô.. mô, mossieur Du... du...

DUTROGNON

Tiens, Zizi, messieurs ; Zizi est mon valet
de chambre.

LUCULLUS

Ah bah ! il a l'air bien intelligent.

DUTROGNON

Oui, oui, seulement il bégaie un peu.

LUCULLUS

Oh ! ça ne se voit presque pas.

DUTROGNON, *à Zizi.*

Que me veux-tu ?

ZIZI, *tendant la lettre.*

C'est une... une... une.

DUTROGNON

Oui je vois c'est une lettre *(Il la prend et la
fourre dans sa poche)* C'est bien. *(Aux jeunes
gens)* Mais j'y pense, ne pourrions-nous pas
laisser Zizi en permanence ici ; en cas de
besoin.

MARCEL

Je n'y vois pas d'inconvénient.

DUTROGNON, *à Zizi.*

Tu entends, tu resteras ici et si madame de
Pot-au-feu...

LUCULLUS

Paloskeuff !

DUTROGNON

Oui, oui c'est ça. *(A Zizi).* Si madame de
Pot-à-Colle avait besoin de quelque chose,
tu viendrais nous prévenir.

ZIZI

Oui, oui, je... je. .

DUTROGNON, *à part.*

Une Duchesse, oh ! mon cœur. *(Haut)* Cette
fois, messieurs, je suis à vous.

LUCULLUS

Alors, en route.

MARCEL, *à part.*

C'est égal, je me souviendrai longtemps de
cette journée-là ! *(Ils sortent au fond.)*

SCÈNE VIII

Zizi, *seul, puis* Clara. *Zizi reste un moment
immobile, les yeux tournés vers la porte ;
puis il regarde le désordre de la chambre.
Enfin, sans se presser il remet un peu d'or-
dre dans l'appartement. Apercevant du vin
dans une bouteille, il boit à même ; puis
prenant un cigare sur la table, il s'en em-
pare, et l'allume : il s'assied ensuite près de
la table et allonge ses jambes sur une chaise,
fumant tranquillement. Ce jeu de scène
doit être mimé le plus drôlement possible et
sans trop de précipitation.*

ZIZI, *fumant.*

Bon... bon... le... le... ci... ci... ga... ga...
gare, bien, bon !

CLARA, *entrant.*

Tant pis, me voilà, moi. Dites-donc, vous
autres? Tiens, ils sont partis !... *(Apercevant
Zizi, qui fume impassible)* Qu'est-ce que c'est
que ça ? ah ! j'y suis, c'est le valet de mon
vieux marcheur... le serviteur du prince
déguisé... Eh bien, jeune larbin, ça va-t-il ?
la santé ?

ZIZI

Pas... pas... pas...

CLARA

Je ne te parle pas de ton papa, je te demande si ça va la santé ?

ZIZI

Pas... pas mal... Et... et vous ?

CLARA

Merci, ça va mieux. (*A part*) Il est très drôle, ce petit-là. (*Haut*) Dis moi, jeune domestique, où sont donc passé ces messieurs ?

ZIZI, *continuant de fumer.*

Ils... ils sont... par... par... partis, mais ils... ils vont re... revenir.

CLARA

Alors ton maître va mieux ?

ZIZI

Oui, oui... beau... beaucoup mieux.

CLARA

Lui as-tu remis ma lettre ?

ZIZI

Par... par... par...

CLARA

Comment, pars ? Si je veux rester moi !...

ZIZI

Non, non je... je veux dire : par... parfaitement.

CLARA

Ah ! très-bien ! (*Elle lui tire la chaise qu'il a sous les pieds et s'asseyant auprès de lui, elle le prend par le cou et l'embrasse.*) Tiens ! je te gobe, toi, mon gros loulou !..

ZIZI, *riant bêtement,*

Eh ! Eh ! Eh ! vous... vous... me... me.. cha... chatouillez ! Eh ! Eh !

CLARA

Non, mais, est-il drôle (*Zizi lui envoie la fumée de son cigare dans la figure.*) Dis donc, petit, tu ne pourrais pas t'éviter de m'enfumer comme un jambon ?

ZIZI

Mais... mais...

CLARA, *lui jetant son cigare.*

Il n'y a pas de mais... mais ! Faut être poli auprès des dames.

ZIZI, *ahuri.*

Ah !

CLARA

Mais oui, mon petit, c'est comme ça... faut être poli... surtout quand on est le valet d'un prince chinois.

ZIZI, *la regardant de plus en plus ahuri.*

Ah !

CLARA

Allons ! ne fais donc pas l'idiot. Dis-moi jeune Ruy-Blas, est-il riche, ton seigneur ?

ZIZI

Co... co... comment ?

CLARA

Je te demande si ton prince Chinois a beaucoup de fortune... Je crois parler français.

ZIZI

Ah ! je... je... comprends.

CLARA, *agacée.*

Ah ! zut, tiens !.. (*A part*) Il m'agace avec son bégaiement. (*Haut*) Tu ne peux donc pas parler plus couramment ?

ZIZI

Non, non, c'est... u... ne ma... ma...

CLARA

Oui, je comprends, c'est une maladie. Comment diable se fait-il que ton maître te garde à son service avec une infirmité pareille ? Ah ! J'y suis, c'est pour ne pas trahir les secrets d'état, hein ?.. C'est un conspirateur, il a trempé dans quelque sale affaire... Mais chante donc, si tu ne peux plus parler ?.. Allons, chante ?

ZIZI

Que je... je..

CLARA

Eh oui ! au lieu de parler, eh bien chante moi tes réponses. Parle en chantant, ou chante en parlant, si tu aimes mieux. Là, as-tu compris ?

ZIZI, *se levant.*

Oui, oui, je... (*Chantant.*) Oui, madame !..

CLARA

A la bonne heure !.. Maintenant, dis-moi, ton maître est-il riche ?

Zizi, *chantant.*

Ah ! Si j'avais ses diamants, ses couronnes.

CLARA

Ses couronnes ! ça y est, c'est bien un prince, et un prince chinois encore ! Mais soyons prudente devant ce jeune laquais.

Zizi, *s'approchant, chantant.*

Je les mettrais à tes pieds...

CLARA, *reculant.*

Non, non, ne mets rien à mes pieds.

Zizi, *s'enflammant.*

Oh ! belle enfant ! Je t'aime, je...

CLARA, *reculant toujours.*

Hein ?

Zizi, *à genoux, chantant toujours.*

À tes pieds, je suis esclave !

CLARA

Décidément il en pince pour mes pieds... Allons ! jeune homme, relevez-vous, et soyez sérieux.

Zizi, *se relevant et la poursuivant en chantant.*

Bettina, quand je t'aperçois...

CLARA

Mais il est fou !.. Sortez, Monsieur, sortez, ou j'appelle !

SCENE IX

LES MÊMES, Dutrognon.

DUTROGNON, *paraît au fond.*

Hein ! que vois-je ?

CLARA

Ah ! monsieur, sauvez-moi de la fureur de ce drôle, il est enragé.

DUTROGNON

Comment il est enragé ! Est-ce qu'il vous a mordue ?

CLARA

Pas encore, monsieur, mais ça va venir.

Zizi, *à genoux devant Clara.*

Je t'aime mieux que mon patron.

DUTROGNON

Ah çà ! drôle, veux-tu filer ?

Zizi

Je l'aime ! je l'aime ! je l'...

DUTROGNON, *le relevant par une oreille.*

Allons, allons, dehors et plus vite que ça, hein ?

Zizi, *parlant.*

Mais... mais... mô... mô...

DUTROGNON

Il n'y a pas de mais... mais... ni de mô... mô... allons, oust ! en bas !.. *(Il le pousse dehors d'un coup de pied.)*

SCENE X

Dutrognon, Clara.

Clara s'est assise à droite, près de la table ; elle regarde Dutrognon à la dérobée, lui de même. Ils baissent les yeux timidement l'un devant l'autre. Jeu de scène. Dutrognon est debout au fond, à gauche.

DUTROGNON, *à part, une lettre à la main.*

La cérémonie est terminée, ça y est, j'ai un gendre... on va se mettre à table... Je me suis esquivé pendant l'absinthe... La voilà donc, cette femme suave qui fait battre mon cœur. La voilà, cette sirène dont l'image vient troubler mon sommeil !.. Elle est là ! et je n'ose approcher. Et dire que c'est une duchesse... ô mon cœur, tais-toi ? Et dire qu'elle répond à mes vœux ; cette lettre en est la preuve. Elle m'aime ! je suis aimé d'une duchesse, et Polonaise encore ! C'est trop de bonheur *(Il s'éponge le front.)* Dieu que j'ai chaud, je suis en nage, je voudrais l'aborder et je n'ose... Il faut pourtant me décider... Dieu, que j'ai chaud... que j'ai chaud !

CLARA

Il aura lu ma lettre ! Mais comment lui expliquer ma présence ici ? Bah ! je trouverai bien quelque motif !.. Et d'ailleurs, un prince chinois, ça doit être bête !.. *(Regardant Dutrognon.)* Non mais, est-ce qu'il va rester longtemps planté comme ça ?

DUTROGNON, *s'approchant doucement.*

Hum ! hum ! belle dame, je suis charmé... Daignez écouter... Je viens de là-bas... ouf ! Ça y est ! oui, oui, ah ! *Clara le regarde éton-*

née.) C'est fini, bien fini, oui, oui, ça y est !.. c'est fini... oh ! ça n'a pas été long (*A part*) Je ne sais plus ce que je dis ?

CLARA, *à part.*

Qu'est-ce qu'il me chante ? Il vient de là-bas... ça y est... c'est fini ! Ah ! j'y suis, je comprends, il vient de là-bas.. ça y est, il vient de la Chine. (*Haut*) Ah ! allons, tant mieux ! tant mieux !.. Et tout s'est bien passé selon vos désirs ?

DUTROGNON

Oui, oui, cette fois je suis bien débarrassé.

CLARA

Ah !.. Allons, tant mieux, tant mieux.

DUTROGNON

Oh ! quand je dis, je suis bien débarrassé, c'est manière de causer, car, après tout, elle ne me gênait pas ; seulement, vous comprenez, j'aime autant être seul, je suis plus libre.

CLARA

Ah ! oui... (*A part*) Je n'y suis plus du tout.

DUTROGNON, *près d'elle, debout.*

Mais parlons de nous, de nos petites affaires !..

CLARA

C'est ça, parlons de nos affaires. Veuillez vous asseoir, prince !

DUTROGNON, *à part, étonné.*

Prince !

CLARA

Un homme de votre rang ne peut rester debout devant une pauvre femme comme moi.

DUTROGNON, *s'asseyant.*

Oh ! vous voulez rire, duchesse.

CLARA, *à part.*

Duchesse !

DUTROGNON

Vous ne sauriez croire, chère dame, le plaisir que j'ai éprouvé à la lecture de votre missive. Ainsi, vous daignez écouter mes prières !

CLARA, *baissant les yeux.*

Mon Dieu ! prince, je suis confuse !..

DUTROGNON, *à part.*

Encore !

CLARA

D'autant plus confuse que ma situation n'a rien qui puisse se rapprocher de la vôtre.

DUTROGNON, *rapprochant sa chaise.*

Oui, oui je sais, votre rang... Ce serait une mésalliance.

CLARA, *soupirant.*

Hélas !

DUTROGNON

Mais pourquoi hésiter ?.. Nous sommes en France et vous le savez, loin de sa Patrie, on peut passer sur bien des choses ; deux êtres qui s'aiment peuvent s'allier quel que soit leur rang... Une Pot-au-feu peut bien s'unir à un simple citoyen, sans que la Pologne y trouve à redire.

CLARA, *à part.*

Qu'est-ce qu'il me chante avec sa Pologne et son Pot-au-feu ? Serait-il idiot ?

DUTROGNON, *lui prenant les mains.*

Allons, faites un bon mouvement !.. laissez de côté tous sots préjugés ! et laissez tomber de vos lèvres adorables un mot de bonheur et d'espoir pour celui qui se met à vos pieds et qui se dit votre esclave pour la vie. (*Il se met à genoux.*) Dites oui, et mon cœur, mon nom, ma fortune, je vous donne tout, tout... et même davantage.

CLARA, *à part.*

Non, mais est-il bouffon, ce vieux chinois!..

DUTROGNON

J'attends, ma belle duchessse !...

CLARA, *à part.*

Décidément il en pince pour m'appeler duchesse !

DUTROGNON

J'attends toujours, belle Polonaise !

CLARA, *à part.*

Duchesse ! Polonaise... c'est un tic, il est gris !

DUTROGNON

J'att...

CLARA, *l'arrêtant.*

Allons, relevez-vous, et soyez sage. Ecoutez, beau séducteur, ma résolution est bien prise, je ne serai pas votre femme.

DUTROGNON, *se relevant piteux.*

Ah !

CLARA, *avec un soupir.*

Et cependant, c'eut été ma plus chère espérance.

DUTROGNON

Je ne comprends pas.

CLARA, *jouant la comédie, en se levant.*

Ah! oui, allez, je sens là, dans le plus profond de mon cœur, un feu qui se consume et me dévore, car enfin, je vous aime, mais je ne veux pas qu'un jour vous veniez à vous repentir.

DUTROGNON

Me repentir ? Et pourquoi ?

CLARA, *doucement.*

Oui, oui je sais on dit toujours ça, les premiers temps puis il arrive un moment où le cœur se refroidit ; alors on fait un retour sur soi-même, et l'on en vient à regretter une union contractée dans un moment de folie.

DUTROGNON, *vivement,*

Mais non, mais non... je vous aime, je vous adore... je...

CLARA

De grâce ! prince !..

DUTROGNON, *cherchant autour de lui.*

Ah çà ! mais... de quel prince veut-elle donc parler ?..

CLARA

Et puis, si jamais quelques affaires d'État vous rappelaient !

DUTROGNON

Hein ?

CLARA

Si l'on découvrait votre retraite.

DUTROGNON

Ma retraite ?

CLARA, *tragique.*

Et si un soir en entrant dans votre appartement, je vous trouvais étendu raide mort un poignard dans le cœur, ou un cordon de soie autour du cou !

DUTROGNON

Brr !..

CLARA

Je ne me consolerai jamais d'avoir été la cause de votre mort.

DUTROGNON

Mais je ne veux pas mourir assassiné.

CLARA

Vous croyez ça, vous! Ah ! les Grands de la terre n'ont jamais peur du danger ; ils se croient à l'abri de tout. Prenez garde, mon ami, qui sait si l'on ne complote pas votre mort au-delà des mers ? Qui sait, si à l'heure actuelle, un poignard invisible ne vous guette pas dans l'ombre !..

DUTROGNON, *à part.*

Je n'y suis plus du tout... (*Haut*) Ne parlons pas de ces choses-là ; résumons : Je vous aime et vous m'aimez. Eh bien, je vous offre ma fortune et mon nom. Acceptez-vous, duchesse ?

CLARA, *à part.*

Décidément, c'est un maniaque !.. (*A ce moment, Zizi paraît au fond, une serviette nouée autour du cou ; il a quitté son tablier et endossé un paletot.*)

SCÈNE XI

LES MÊMES, ZIZI.

ZIZI, *la bouche pleine.*

Mô... mô.. mossieu Du... Du...

DUTROGNON

Ah ! voici mon domestique. (*A Zizi*) Qu'y a-t-il ? Que me veut-on ?

ZIZI

C'est... c'est... la... la... no... no... la noce qui... qui...

DUTROGNON

Ah ! oui, je comprends, la noce... Dis leur que j'y vais de suite. (*A Clara*) Vous m'excuserez, duchesse, mais des circonstances... Vous comprenez, n'est-ce pas ? Un père se doit à ses enfants.

CLARA, *à part.*

Il est père, à présent, je serais curieuse de voir ses petits mandarins.

DUTROGNON

Mais nous nous reverrons.

CLARA, *s'inclinant.*

J'y compte, cher prince.

DUTROGNON, *à part.*

Encore ! ça doit être une habitude contrac- tée en Pologne.

CLARA

Je ne vous retiens plus, allez à vos petits Chinois.

DUTROGNON, *ahuri.*

Mes Chinois ! Quels Chinois ?

CLARA

Mais vos enfants, parbleu !

DUTROGNON

Mais vous faites erreur, sans doute. D'a- bord, je n'ai qu'une fille, et ça n'a jamais été une Chinoise !

CLARA

Ah ! elle est née en France ?

DUTROGNON

Certainement !.. Moi aussi du reste. Je n'ai jamais vu le jour en Chine.

CLARA

Ah ! bah !.. Alors vous êtes un chinois Français ?

DUTROGNON

Vous voulez rire. Je suis Français tout sim- plement, et ma fille est Française comme son père ; je la marie aujourd'hui.

CLARA, *croyant deviner.*

Hein ! vous dites ?

DUTROGNON

Je dis que depuis quelques instants ma fille ne porte plus le nom de Dutrognon.

CLARA, *avec éclat.*

Dutrognon ! Vous êtes Dutrognon.

DUTROGNON, *s'inclinant.*

Je suis Dutrognon !.. père pour vous servir.

CLARA

Et maintenant, comment se nomme Mada- me votre fille ?

DUTROGNON

Elle s'appellera désormais Madame Marcel Limonet, du nom de son mari.

CLARA, *arpentant la scène furieuse.*

Jouée !.. Je suis jouée !.. Ah ! les scélérats, les bandits, les monstres, ils m'ont trahie !...

DUTROGNON, *la suivant.*

Mais... duchesse.

CLARA, *marchant toujours.*

Ah ! vous m'ennuyez vous avec votre manie de vouloir m'appeler duchesse.

DUTROGNON, *s'arrêtant.*

Ah !...

CLARA, *de même.*

Mais j'y pense, vous n'êtes plus prince alors ?

DUTROGNON

Je n'ai jamais eu cet honneur. Dutrognon, négociant en cuirs et peaux, pour vous servir, duchesse.

CLARA

Mais je ne suis pas plus duchesse que vous n'êtes prince !..

DUTROGNON

Ah bah !

CLARA

Il n'y a pas de ah bah ! on s'est joué de nous comme de vulgaires pantins.

DUTROGNON

Je ne comprends pas.

CLARA

Vous êtes si bête.

DUTROGNON

Merci.

CLARA

Il n'y a pas de quoi !.. (*Arpentant la scène à nouveau.*)Ah ! la canaille, il avait bien calculé son plan !..

ZIZI, *au fond.*

Mô... mô... mossieur.

DUTROGNON, *furieux.*

Ah ! ne viens pas m'embêter, toi.

CLARA

Oh ! je me vengerai... Je ne sais pas com- ment, mais je me vengerai tout de même... Et j'y songe à quoi me servirait ma ven- geance, à rien, puisque c'est fait, ils sont ma- riés.,, il faut que je trouve autre chose. (*Elle réfléchit.*)

ZIZI, *au fond.*

Mais,.. mais... c'est... c'est la noce qui... qui...

DUTROGNON

Ah çà ! vas-tu te taire, toi... tiens va-t'en, ou je fais un malheur !

CLARA, *intervenant.*

Un moment ! Laissez ce garçon, je vous prie ; j'ai besoin de ses services.

DUTROGNON

Ah !

CLARA

Si vous le permettez..

DUTROGNON

Mais comment donc ! avec plaisir.

CLARA, *à part.*

J'ai mon idée (*A Zizi*) Jeune homme, vous allez rejoindre la société et vous prierez monsieur Marcel et Lucullus de monter ici tout de suite ; vous ajouterez que c'est très urgent, attendu que monsieur Dutrognon est très malade.

DUTROGNON

Mais je ne suis pas malade.

CLARA

Ça ne fait rien, allez, allez vite.. jeune homme.

ZIZI

Oui, oui, ma... ma...(*Chantant*)Oui Madame. (*Il sort*).

SCÈNE XII

Dutrognon, Clara.

DUTROGNON

M'expliquerez-vous, belle dame !

CLARA

Permettez-moi, cher Monsieur, de vous adresser une dernière question. Sans être Duchesse, m'aimez-vous tout de même ?

DUTROGNON

Davantage.

CLARA

Alors, causons, sérieusement. Et d'abord sachez qui je suis. Je me nomme Clara Flaméché, 20 ans, sans fortune mais honnête, Monsieur.

DUTROGNON

Je n'en doute pas.

CLARA

Et orpheline, n'ayant plus ni père, ni mère.

DUTROGNON

Naturellement.

CLARA

Ne m'interrompez pas. Je suis une pauvre petite ouvrière, pure, Monsieur, et sans tache, ça se voit du reste à ma tournure.

DUTROGNON

Certainement.

CLARA

Ne m'interrompez pas. Eh bien, figurez-vous que je m'étais toquée de celui qui est maintenant votre gendre. Je l'aimais. mais il ne l'a jamais su.

DUTROGNON

Heureusement.

CLARA

Ne m'interrompez pas. Je l'aimais à un tel point que, pour le voir à tout instant, je lui faisais faire mon portrait..

DUTROGNON

Ah ! oui, la Pot-à-Colle.

CLARA

Et je m'imaginais que j'étais aimée de lui, et j'espérais qu'un jour, il m'épouserait. Illusions, mensonge ; aussi maintenant je suis résolue à ne plus aimer personne, oh ! les hommes !... Pouah !...

DUTROGNON

Mais dites donc !

CLARA

Seulement, comme je ne veux pas rester vieille fille, je suis décidée à épouser un vieux singe qui ait le sac ; je veux me faire une situation, comprenez-vous ?

DUTROGNON

Parfaitement.

CLARA

Aussi ai-je pensé à vous... Alors, c'est dit, je suis à vous, prenez-moi. Allons vieux singe ! voyons, prenez-moi ?

DUTROGNON, *galamment.*

Avec plaisir.

CLARA, *à part, puis haut.*

Eh bien dites donc, vous !

DUTROGNON.

Vous me dites de vous parler ?

CLARA.

Pas comme ça... faites-vous demander.

DUTROGNON.

Ah ! bien, v'là... Mademoiselle, j'ai l'honneur de vous demander votre main.

CLARA, *lui tendant la main.*

Je vous l'accorde... mais je veux porter la culotte.

DUTROGNON.

Vous porterez tout ce que vous voudrez.

CLARA.

Très bien, comme ça je deviens la belle-mère de vos enfants.

DUTROGNON.

Certainement.

CLARA, *à part.*

La voilà, ma vengeance ! Il m'aura sans cesse sous les yeux et je me charge de lui en faire voir de toutes les couleurs. *(Haut.)* Il va sans dire que je suis de la noce, de notre chère Lucie. Vous m'invitez, c'est entendu... ne répliquez pas.

DUTROGNON.

Mais, chère amie, les convenances...

CLARA.

Je m'en fiche de vos convenances, ou... boulotter, j'en suis.

DUTROGNON, *écoutant.*

On monte l'escalier... ce sont eux...

CLARA.

Alors, présentez-moi.

DUTROGNON.

Les voici. *(Lucie et... entrent...)*

CLARA, *à Marcel.*

De telle sorte que ne pouvant être votre femme je deviens votre belle-mère. Comme cela, vous m'aurez sans cesse sous les yeux, je ne vous quitterai pas d'un pas. Je contrôlerai tous vos faits et gestes, je surveillerai votre maison, je vous ferai un peu de morale, comprenez-vous ?

MARCEL

Oui, oui, je crois deviner !

CLARA

C'est dit ; j'épouse Monsieur Dutrognon, il place sa fortune entre mes mains, et je deviens l'ange gardien du foyer conjugal.

MARCEL

Oh ! les femmes ! oh ! les femmes !

ZIZI, *entrant.*

Mô... mô... monsieur du... du...

CLARA

Qu'y a-t-il ? jeune larbin.

ZIZI

C'est... c'est... c'est la... so... so... société qui... qui.

CLARA

Ah ! oui la société qui s'impatiente ; allons, ne nous attardons pas plus longtemps. (*Marcel*) Votre bras, mon fils ?

MARCEL, *ahuri.*

Comment, vous voulez ?

DUTROGNON

Mais, chère amie... les convenances.

CLARA, *prenant le bras de Marcel.*

Je m'en fiche... je veux être de la noce : allons ! qu'on me présente... Messieurs, suivez-moi.

DUTROGNON

Puisqu'elle le veut. Vous venez, mon cher Lucullus.

LUCULLUS

Certainement... (*A part*) Je crois que je vais m'amuser tout à l'heure.

CLARA

Allons. (*Elle sort avec Marcel, en passant devant Zizi, elle lui donne une petite tape sur la joue.*)

DUTROGNON

Je vais donc enfin épouser mon idole. (*A Lucullus*) Vous ne sauriez croire, cher ami, ce que je suis heureux. Je baigne dans la joie, je baigne dans le bonheur.

LUCULLUS

Tâchez de ne pas vous noyer. (*Ils sortent en causant.*)

AUTEURS	TITRES DES ŒUVRES	Hommes	Femmes	Prix nets
Jan-Pierre et Morelo	Manœuvre électorale	3	»	loc.
Jouhaud	Mariages riches	3	1	3 »
Moniot	Marianne et Jeannot d	1	2	5 »
Tollet-Frot	Marié sans l'être	4	»	3 »
Moreau-Duroc	Maris jaloux (Les)	5	2	loc.
Simlot	Mariés de Nanterre (Les)	1	2	4 »
Beissier-Sciama	Mars et Vénus	3	2	loc.
Millou	Matinée du Prince (La)	4	5	loc.
Moreau-Boucherat	Médjidié (Le)	3	1	loc.
Gressel-Bernard	Méfiez-vous d'Oscar d	3	2	loc.
E. André	Melon (Le) (monologue saynète)	1	»	2 »
De Marsan	Ménage Blésimard (Le)	3	2	loc.
Moreau-Darsay	Ménage Poire (Le)	2	2	loc.
Desormes	Menu de Georgette (Le)	3	2	8 »
Ch. Gabet	Mérite des femmes (Le) d	4	4	loc.
Soudant-Moreau	Mimi Vadrouille	troupe	»	loc.
P. Achard et T. de Pitray	Minuit et demi d	1	1	loc.
Lebreton-Moreau	Miss Kissmy d	5	5	loc.
Beissier	Miss Million d	troupe	»	loc.
Mayrargue	Modern Styl	2	2	loc.
Bessier-Moreau	Môme aux Camélias (La) d	troupe	»	loc.
Bessière-Ruffier	Môme aux grands yeux (La) d	8	6	loc.
Chassaigne	Monsieur Auguste d	1	1	3 »
De Marsan	Monsieur Babolin	3	2	loc.
Paul Vallès	Monsieur Dutrognon	4	1	loc.
Garnier-Vallès	Monsieur ma belle-mère	2	3	loc.
L. Rivaux	Monsieur Pâtemolle	2	2	loc.
Lebreton-Moreau	Monsieur Sans Gêne d	troupe	»	loc.
é. Fortin A. Doyen	Mort par erreur	»	»	2 »
Blairat-Neuzillet	Mouche (La) d	5	7	loc.
Moreau-Touzé	Mouche du Coche (La)	4	2	loc.
Périot, Chantecler-Cuvelard	Moulin d'Amour (Le) d	5	3	8 »
Joly	Myope et presbyte d	1	»	4 »
Desormes	Nègre de la Porte St-Denis (Le)	3	3	loc.
L. Dottin et U. Touzé	Nègre pour rire	3	2	loc.
Dorfeuil-Moreau	Nez de Cyrano (Le) d	troupe	»	loc.
E. Lhuillier	Nez enchanté (Le)	3	»	loc.
Lebreton-Blairat	Ninie la Rouquine d	5	3	loc.
Herpin	Noce à Grospoulot (La)	5	7	loc.
F. Barbier	Noce à Suzon (La)	1	4	loc.
E. Beissière-Noter	Noces de Lambiston (Les)	5	2	loc.
L. Collin	Noces d'or (Les)	2	1	5 »
Sachs-Damiens-Neuzillet	Nombrikatus 1er D	5	7	loc.
Moreau-Rivaux	Nommé Baluche (Le)	1	2	loc.
De Marsan	Non-Lieu d	3	»	loc.
Bouvet-Darantière	Nos bons touristes d	4	»	loc.
Lebreton-Beissier	Nos Marsouins en Chine d	7	4	loc.
Moreau-Gramet	Nos petites Chattes	3	3	loc.
Dorfeuil-Guillemaud-Duharnois	Nos pioupious d	6	4	loc.
Lebreton-Moreau	Nos voisins d	6	6	loc.
V. Roger	Nourrice de Montfermeil (La)	2	3	6 »
Ch. Gabet	Nouvel Achille (Le) (vaud.) d	5	1	loc.
Touzé-Prud'homme	Nuit de Noces de Beauflanchet	6	4	loc.
Jacobi	Nuit du 15 octobre (La) d	3	1	6 »
A. de Lorde	Old Nubian's Black ! d	1	2	loc.
Rose père	Omelette au lard (L')	4	2	loc.
Dédé fils	Oncle et Neveu	3	»	3 »
Louis Bouvet	Oncle Maboulin (L')	4	4	loc.
Marc-Sonal-Gréhon	On demande des jolies femmes d	6	11	loc.
St. Paul	On parle Anglais	5	6	loc.
Bessière-Ruffier	Ordonnance Bezuchet (L')	2	2	loc.
St-Paul-G. Rose, fils	Ordonnance malgré lui	3	2	loc.
Berthelot-Roland	Othello chez Thaïs d	4	10	loc.
Pacra Emmecé	Où est le père	8	4	loc.
Dufils	Paille et la Poutre (La)	»	2	6 »
Boulay-Layrice	Palmé D	4	5	loc.
Billemont	Pantalon de Casimir (Le) d	1	1	6 »
A. Petit	Par autorité de Justice d	7	9	loc.
L. Rivaux	Parachute (Le)	3	2	loc.
Dorfeuil-Moreau	Paris aux Courses d	troupe	»	loc.
Febvre-Gréhon	Paris sans tailleurs	7	7	loc.
F. Barbier	Par la fenêtre	1	1	4 »
Lambert-Lebreton	Par la Gymnastique d	2	2	loc.
Henry Moreau	Partie de Campagne d	troupe	»	loc.
Ed. Lhuillier	Pasquinette	1	1	3 »
Bénédite-Jancourt	Pays Vierge (le) d	8	4	loc.
De Marsan	Peau Neuve d	3	3	loc.
Rose, fils	Peintre de talent	2	3	loc.
Moreau-Darsay	Pension Garabin (La)	5	4	loc.
L. Bouvet	Pensionnat St-Amour (Le)	4	4	loc.
Albert Lambert	Père Suroit (Le) d	3	1	loc.
Offenbach-Roques	Péri-Colle (Parodie de Périchole)	2	1	2 50
Lebreton-St-Paul	Péril jaune (Le)	2	2	loc.
Perrault-Maty	Perruche de ma femme (La) d	4	3	loc.
Tréblat-St-Cyr	Personne	2	»	loc.
Bouvet-Schmoll	Petit Assommoir (Le) d	6	6	loc.
B. Lebreton	Petit factionnaire (Le)	4	3	loc.
L. Collin	Petit Spahi (Le)	3	»	5 »
Lebreton-Moreau	Petite baronne (La) d	5	9	loc.
Linas	P'tite bête vit encore (La) d	6	1	4 »
Lebreton-Moreau	Petite colonelle (La) d	7	3	loc.
Gribinski	Petite Étoile	3	2	loc.
L. Bouvet-St-Paul	Petite Fifi (La)	3	3	loc.
Lebreton-Moreau	Petites Ménichons (Les) d	troupe	»	loc.
A. Petit	Petits lapins (Les) d	4	9	loc.
Maurey et Jimbu	Petits Trottins (Les) d	5	6	loc.
Lebreton-Moreau	Petits Zouzous (Les)	troupe	»	loc.
J. Clérice	Phrynette d	5	9	5 »
Celval, Tarnemo, Gibard	Pichard d	3	2	loc.
André	Picotin (Le)	1	2	
Lebreton-Beissier	Piston de Clémentine (Le)	3	2	loc.
Schmoll	Piton	3	2	loc.
H. Alavoine	Plumechat et Cie d	4	6	loc.
H. Barbé	Plus que 1089 jours	3	1	loc.
F. Barbier	Points jaunes (Les)	3	1	5 »
Desfossez-Piccolini	Pommes d'amour (Les)	6	4	loc.
Zinoh-Verdellet	Pompier d'Endorme (Le)	troupe	»	loc.
Gressel-Bernard-Loterey	Pompier d'Ernestine (Le) d	2	2	loc.
Antigeon-Dourel	Poste restante 222 d	4	3	loc.
F. Barbier	Poupée automate (La)	4	3	5 »
St-Paul-G. Rose fils	Pour avoir la fille	2	3	loc.
Fay	Pour qui le gosse ?	4	»	loc.
Lebreton-St-Paul	Pour qui votait-on ?	4	2	loc.
A. Lambert	Première brouille (La) comédie	2	1	loc.
Couturet	Premières amours d	4	1	loc.
F. Barbier	Premières armes de Parny (Les)	4	3	5 »
G. Rose fils-H. Ryvez	Prestige de l'uniforme (Le)	4	2	loc.
Moreau	Professeur de chant (Le)	1	1	3 »
De Ste-Croix	Pygmalion d	1	1	4 »
Lebreton	Quatre hommes et un Caporal	5	»	loc.
Garnier-Héros	Queue du Diable (La) d	troupe	»	loc.
Dalilia-Héros	Qui va à la Chasse	4	»	loc.
L. Collin	Qui se dispute s'adore	1	1	3 »
Ch. Lecocq	Rajah de Mysore d	troupe	»	loc.
Villebichot	Réponse du Berger (La)	1	1	4 »
Millou	Repos du dimanche (Le) d	2	1	loc.
Moche	Retour de Colombine (Le)	2	1	4 »
Jacoutot	Retour de Kerdrec (Le)	2	1	loc.
Mengé	Retour de Margotte (Le)	1	1	4 »
L. Collin	Retour de Musette (Le)	1	1	4 »
Antigeon-Dourel	Revanche de Verluisant (La) d	5	2	loc.
De Marsan	Revenant de la rue de la Pompe (Le)	5	5	loc.
Antigeon-Dourel-Royde	Revenants (Les) d	3	3	loc.
Marsèle-A. de Lorde	Rêves d'un soir	4	1	loc.
Lebreton	Revue à l'envers (La)	4	4	loc.
St-Paul	Revue interdite	4	4	loc.
Guillemand	Rien des Agences d	3	2	loc.
Lhuillier	Risette	»	5	1 »
Ch. Thony	Robes et Manteaux d	»	19	loc.
F. Chaudoir	Roi Claquette (Le) d	3	3	6 »
Yvel et Briollet	Roi Koku (Le)	troupe	»	loc.
Desormes	Roland furieux	3	»	6 »
L. Desormes	Romance impossible (La)	2	1	loc.
Busnach	Rosière de Valentino (La) d	2	3	loc.
Michiels	Rosière d'Interlaken (La)	4	1	4 »
Ch. Gabet	Ruy Black (v.) d	7	6	loc.
Clements	Saint-Yvon (La) d	2	1	5 »
L. Rivaux	Sacré jour de l'an	6	1	3 »
L. Bouvet-G. Arribat	Sacré Jules	6	2	loc.
Briollet-Tinant	Sacré Vermillon	3	3	loc.
L. Dottin	Sauvage malgré lui	3	1	loc.
Ch. Lecocq	Sauvons la caisse d	4	1	6 »
Matral-Febvre-Bonnamy	Septième Escouade (La) d	8	7	loc.
Darentière-Bouvet	Sergent Sans-Souci (Le) d	6	6	loc.
R. Planquette	Serment de Mme Grégoire (Le)	4	2	8 »
Lebreton-Soudant	Serment du marin (Le) d	4	2	loc.
Lebreton-Moreau	Signe de Léda (Le) d	8	8	loc.
Ouvier	Simone et Boquillon	2	1	5 »
Lebreton-St Paul	Singeries de l'Amour (Les)	5	4	loc.
Lebreton-Duroc	Soir de Noce (Les)	4	4	5 »
Maillait	Soirée bourgeoise	2	2	loc.
Leserre	Soirée d'amateurs	saynète	»	loc.
Lebreton-Moreau	Soldat !	5	5	loc.
H. Gilbert	Son Amant	2	1	loc.

AUTEURS	TITRES DES ŒUVRES	Hommes	Femm.	Prix nets
Bernard-Gresset	Souffleur par amour d	3	1	loc.
Meyan	Soupirs du cœur	3	2	5 »
Briollet-Tinant	Source merveilleuse (La)	4	2	loc.
Damaré-P. Laurey	Sous-Préfet de Pézenas (Le)	4	2	loc.
Ch. Malo	Souviens-toi de Clémentine	2	1	1 »
Moreau-Darsay	Spiritisme des Familles	4	4	loc.
Tac-Coen	Suzette, Suzanne et Suzon	1	3	loc.
C. Roland et P. Berthelot	Symphonie en Jaune mineur d	1	1	loc.
Levavasseur	Tante d'Amérique (La)	3	3	loc.
C. Roland	Ta pomme, Paris	3	10	loc.
Wachs	Tata chez Toto	2	1	6 »
Lempereur et Primard	Témoin (Le)	3	1	loc.
Lambert-Lebreton	Terre-Neuve d	3	5	loc.
Saint-Paul	Terrible affaire	3	2	loc.
Marc Sonal	Théophile	2	1	loc.
Chassaigne	Toc	2	2	loc.
Hervé	Toinette et son carabinier	2	1	5 »
Bassier-de Gorsse	Tonton d	3	3	6 »
Blanchard de la Bretesche	Torero de Lolotte (Le)	5	5	loc.
Wachs	Totor et Titine	1	1	loc.
Hubans	Tour de Moulinet (Le) d	2	1	8 »
Bouvet-Febvre	Tournée Cabotin (La)	3	3	loc.
Cartier	Train des Maris (Le)	2	2	6 »
Moreau-Duroc	Tranquil'hôtel	5	4	4 »
Moreau-Darsay	Trente mille francs par an	2	2	loc.
Lebreton-Moreau	Treize jours d'un Parisien (Les) d	troupe	»	loc.
Lebreton-Moreau	Treizième spahis (Le) d	troupe	»	loc.
Ch. Gabet	Trésor des Dames d	2	1	loc.
Lebreton-Moreau	Trio de troupiers d	7	5	loc.
H. Gilbert	Triple alliance (La)	5	2	loc.
B. Lebreton-J. Lebreton	Trois Cousins (Les) d	5	3	loc.
Lebreton-Téramond	Trois Gosses (Les)	4	4	loc.
Bonvet	Trois hercules pour une femme	3	2	loc.
Bessière	Troisième du trois (La)	6	6	loc.
Lebreton-Moreau	Trois Maçons (Les) d	4	2	loc.
Rose fils & Ryves	Trouver un père	4	5	loc.
Gribinski	Truc au trottin (Le)	4	3	loc.
Guillemaud de Marsan	Truc de Binochet (Le)	9	2	loc.
Lambert-Lebreton	Truc du Pharmacien (Le)	4	1	loc.
L. David	Tu l'as voulu d	3	1	6 »
Héros-Jost	Tsiganie dans les Ménages (La) d	troupe	»	loc.
Javelot	Un amour d'épicier	2	1	loc.
Bessière	Un attentat au bois	2	2	loc.
Cardet-Lannoy	Un bon ami	2	1	loc.
D. Fay	Un bon tuyau	9	4	loc.
P. Henrion	Un charcutier dans les fers	4	»	loc.
Chassaigne	Un Coq en jupons	1	1	» »
Banès	Un do malade	2	1	5 »
Wachs	Un domestique pour rire	1	1	» »
Moreau-Gramet	Un dragon pour deux	3	2	1 »
L. Roy	Un épicier peu commode	4	2	loc.
G. Laurens	Un futur sur le gril	2	1	» »
Ch. Malo	Un gendre à poigne	2	2	» »
H. Levavasseur	Un grand criminel	4	2	loc.
Pericaud	Un hercule qui ne veut pas se rouiller	2	1	» »
St Paul	Un jour d'audace	4	2	loc.
Cambillard	Un mariage à la force du poignet	1	1	3 »
Ch. Malo	Un mariage au flageolet	1	1	» »
Dauphin	Un mariage en Chine d	1	1	» »

AUTEURS	TITRES DES ŒUVRES	Hommes	Femm.	Prix nets
F. Bernicat	Un mari à l'essai	1	1	4 »
Pericaud	Un mari en grande vitesse	3	1	4 »
Moreau-R. Parault	Un mari somnambule	2	2	loc.
L. Collin	Un mauvais conscrit	2	2	4 »
Blanchard de la Bretesche	Un mois de clou d	3	2	loc.
B. Lebreton-St-Paul	Un Oncle pour deux	3	2	loc.
Chassaigne	Un 1er jour de ménage	1	1	4 »
Mayrargue	Un Sauvetage	3	3	loc.
F. Barbier	Un souper chez Mlle Contat	»	2	4 »
Bernicat	Une aventure de la Clairon	2	3	4 »
Lebreton-Blairat	Une Consultation d	4	3	loc.
Garnier-Vallès	Une Corbeille de Noce	5	3	loc.
G. André	Une drôle de Marquise	2	1	3 »
Claménts	Une étoile d'antichambre d	2	1	5 »
Jouhaud	Une femme du quart de monde	2	1	4 »
Villebichot	Une femme qui bégaie d	3	2	5 »
L. Roques	Une femme tombée du Ciel	1	1	5 »
Villebichot	Une fille à trucs	3	1	» »
Lionville	Une fille en loterie	2	1	4 »
Touzé-Monjardin	Une intrigue chez les Mouchamiel	2	1	loc.
Desormes	Une lune de miel normande	1	4	4 »
L. Collin	Une mariée sans mari	4	1	4 »
Ed. Lhuillier	Une marine à la vapeur	1	1	3 »
Desormes	Une mauvaise connaissance	3	2	5 »
Moreau-Darsay	Une mauvaise nuit	2	2	loc.
Moreau-Dorfeuil	Une nuit de Paris d	troupe	»	loc.
Bouyet-G. H.	Une nuit chez les Grafouillot d	4	3	loc.
Duhem	Une partie à Robinson	2	2	6 »
L. Martin	Une partie de pêche	5	1	loc.
Wachs	Une pleine eau à Chatou	2	2	4 »
Bernicat	Une poule mouillée	1	1	[illegible]
Lebreton-St-Paul	Une Rosserie	2	2	loc.
De Paniagua	Une sale Histoire d	3	2	loc.
Chassaigne	Une table de café	2	2	loc.
Robillard	Une tempête conjugale	1	1	[illegible]
Liger-Aubrun	Urticaire (L')	4	1	loc.
Habraken-Lalouette	Vache à Palu (La) d	4	1	loc.
R. Planquette	Valet de cœur (Le)	4	1	loc.
St-Paul	Vase de Soissons (Le)	3	2	loc.
J. Walter	Végétariens (Les) d	7	2	loc.
Robillard	Vengeance de Ramolli (La)	2	1	[illegible]
L. Roques	Vénus infidèle (retour de mars) d	1	2	[illegible]
Autigeon	Vie de garçon (La) d	1	16	loc.
Lebreton-Moreau	Vierges du chahut (Les) d	[illegible]	10	loc.
Bouvet-Arribat	Vieux, le Melon et le Rat (Le)	4	3	loc.
Desgranges	Vieux Sorcier (Le) d	[illegible]	[illegible]	[illegible]
Moreau	Villa des Gaffes (La) d	[illegible]	6	loc.
Lebreton-St-Paul	Vingt-cinq minutes d'arrêt	[illegible]	[illegible]	loc.
Burani-Planquette	Vingt-huit jours de Clairette d	[illegible]	[illegible]	[illegible]
Vallès-Talber	Vingt-huit jours de Corbillot (Les)	[illegible]	8	loc.
Ratcée-Bordeaux	Vive la Classe d	[illegible]	[illegible]	loc.
Normand-Vallès	Vive les Bleus	[illegible]	[illegible]	loc.
Lebreton-Moreau	Vocation d'Adeline (La)	[illegible]	[illegible]	5
Jacobi	Voilà l'plaisir, mesdames	[illegible]	[illegible]	[illegible]
Jh. Hubans	Voiture à vendre d	[illegible]	[illegible]	[illegible]
Lebreton-Moreau	Volontaire de 92 (Le) d	[illegible]	[illegible]	[illegible]
Tac-Coen	Volontaire et vivandière	[illegible]	[illegible]	[illegible]
P. Talber-Delattre	Volupté des dames (La)	[illegible]	[illegible]	loc.
Guy-Nory-Marini	Zidore d	[illegible]	[illegible]	loc.

Vannes. — Imp. LAFOLYE frères.